KB176408

푸른사상 시선 131

수제비 먹으러 가자는 말

푸른사상 시선 131

수제비 먹으러 가자는 말

인쇄 · 2020년 8월 10일 | 발행 · 2020년 8월 17일

지은이 · 이명윤
펴낸이 · 한봉숙
펴낸곳 · 푸른사상사

주간 · 맹문재 | 편집 · 지순이, 김수란 | 마케팅 · 김두천
등록 · 1999년 7월 8일 제2-2876호
주소 · 경기도 파주시 회동길 337-16(서패동 470-6) 푸른사상사
대표전화 · 031) 955-9111(2) | 팩시밀리 · 031) 955-9114
이메일 · prun21c@hanmail.net /prunsasang@naver.com
홈페이지 · http://www.prun21c.com

ⓒ 이명윤, 2020

ISBN 979-11-308-1696-8   03810
값 9,000원

푸른사상
시선
131

수제비 먹으러 가자는 말

이명윤 시집

푸른사상
PRUNSASANG

고백건대,

사람에게 가는 길이

제일 멀고 힘들었다.

2020년 8월
이명윤

| 차례 |

■ 시인의 말

제1부 **돌섬**

제2부 수제비 먹으러 가자는 말

제3부 숟가락들

제4부 기다린다

제1부

돌섬

돌섬

손을 흔드는 건 쉽지, 아버지는 말이 없는 사람, 새들이 쉬었다 가기엔 좋지, 아버지는 주먹을 펴지 않는 사람, 어머니가 말했지, 너그 아부지는 일밖에 모르는 사람, 일하려고 태어난 사람, 구름이 지나가는 건 쉽지, 여긴 아늑한 목소리의 바다, 스스로 눈을 뜨고 스스로 어두워지는 말들, 사나운 바람이 춤을 추기엔 좋지, 아버지는 저만치 돌아앉은 사람, 부표처럼 떠도는 건 쉽지, 아버지는 가라앉지 못하는 사람, 밤을 기억하는 건 쉽지, 아버지는 통닭을 들고 오던 밤, 통닭처럼 웅크려 자던 밤, 물살을 일으키는 건 쉽지, 아버지는 단단한 사람, 무서운 바다 뜨는 법을 가르쳐주던 사람, 저녁이 오는 건 쉽지, 아버지는 지금도 목이 마른 사람, 울음을 흔드는 건 쉽지, 아버지는 파도가 끝없이 깨우는 사람, 손을 흔드는 건 쉽지, 아버지는 오래전 죽은 사람, 다시 손을 흔드는 건 쉽지, 아득히 먼 곳, 아버지는 기억 이전의 거기, 혼자 살아가는 사람.

2015년 광도면민 체육대회 기념

의아한 이름표를 달고 있다
어디선가 수년 넘게 기념의 시간을 묵히고 있다가
오늘에야 눈에 띈 것인데
광도면민은 맞지만
체육대회 근처엔 얼씬도 안 한 내가
뜻밖에 지금 그날의 함성으로 얼굴을 닦는 것이다
그러니까 햇볕 쨍쨍 퍼붓던 그날
광도면민도 아닌 북신동민인 어머니가
남사스럽게 줄을 두 번이나 서서 얻어온 주책을
기념하며 가슴을 쓱쓱 닦는 것이다
널리고 널린 게 수건이라고 저흰 필요 없다고
아내가 두 손 저어도 끝내 두고 가셨던 고집을
기념하며 입술을 쭈볏거리며 닦는 것이다
목욕을 마치고 화장실 수납장을 열었는데
다들 어딜 가셨는지 그만 가슴이 철렁하다
바닥에 납작 엎드려 있는 수건 한 장,
생각하면 할수록 참으로 뜻깊고 기념할 만한 순간이어서
어머니가 열심히 보낸 그날을

한 자 한 자 읽으며

온몸으로 기념하며

나는 흠뻑 젖은 저녁을 닦고 또 닦는 것이다

감자

아이들은 호주머니에 감자 하나씩 넣고 다녔지

뭉게구름 노랫소리 들려오면

어른들은 담장 너머 고갤 내밀고

비탈진 동네 어귀 꽃이 피었지

모락모락 저녁연기

솥단지 속 감자들 떼굴떼굴 구르면

오물오물 할매는 큰 감자 하나

내 손에 꼭 쥐여주었네

감자 먹고 장군 돼라,

감자 먹고 장군 돼라,

먼 이국땅 돈 벌러 간 아버지

밤하늘에 통통 익은 내 얼굴 뜨면

울끈불끈 주먹 쥔 손등 위로

싹이 나고 잎이 났겠지

어디서 굴러먹던 감자들

세상에 주먹 감자 날리고

숨을 헐떡거리던 골목

근본도 모르는 못난 감자가

나는 맛만 좋았지 껍질째 먹었네

할매 감자 아버지 감자

속엣말 궁금해 만지면 만질수록

하얗게 문드러지던 날들이 자꾸만

무심한 줄기를 뻗어

가위 낸 손 바위 낸 손

모두가 싹이 나고 잎이 나서

누구는 감자전이 되고

누구는 감자탕이 되고

누구는 통감자가 된 날에도

감자꽃 피는 계절은 어김없이 오는데

노랫소리 실은 구름은 감감무소식,

어느 산촌

적막 속에 웅크리고 앉았을

술래만 훌쩍, 훌쩍,

저 홀로 싹이 나고 잎이 나서 흘러가겠지

망개떡

제대로 떡이 된 적 있다

온종일 이리 부딪고 저리 부딪혀 망연한 마음에 될 대로
되라며 절구를 찧어 마침내 머리끝에서 발끝까지 말랑말랑
떡이 되었을 때 돌아갈 집도 못 찾고 어느 한적한 가로등 밑
에서 그만 널브러져 있을 때 괜찮아, 괜찮아, 밤새 떡을 꼭
끌어안아주던 가슴 덕분에 나는 꽤 품격 있는 떡이 된 적이
있다

선풍기

어느 날 아버지가 고물상에서 데려온 선풍기는 요리 보고 저리 봐도 신기한 새 식구여서 호기심에 슬쩍 손가락을 넣어 바람을 흔들어보다가 어머니에게 혼이 나기도 하였는데 느리게 돌던 날개를 따라 아부지 난닝구 땀방울이 헐렁헐렁 돌아가고 우리 삼 남매 얼굴도 헐렁헐렁 따라 돌던 그 바람은 참 엉성하기도 하여서 손바닥에도 얼굴에도 달달달 달라붙었다 떨어져가던 그 바람은 참 순하기도 하여서 어머니 무릎이 되었다가 한여름 맴맴 울음소리가 되기도 하였던 그 바람은 가끔 가던 길 멈추곤 하였는데 그때마다 아버진 선풍기 머리를 사정없이 탁! 하고 쳤고 다시 정신을 차리고 돌다 보면 어느덧 교복 입고 학교 가는 길, 머리 위를 느리게 따라오던 잠자리는 어느 집에서 달아난 날개였는지 손가락으로 잡으면 파르르 얼굴을 간지럽히곤 하였던 그 바람은, 지금은 어느 공중에 잠들어 있나

어머니의 그녀들

고모*는 색동 입술을 가진 새였다

드높은 가지에 앉아 어머니를 주시하며 빈틈을 놓치지 않았다

어머니는 알겠다며 알겠다며 늘 고모에게 등을 보이고 걸었다

어머니는 부리가 콕콕콕 쪼기에 넓고 만만한 등을 가졌다

숙모**는 변명이 많은 오리였다

한 발 느린 걸음으로 어머니를 따라다니며 쉴 새 없이 꾸억거리곤 했다

어머니는 괜찮다며 괜찮다며 언제나 먼저 숙모의 등을 떠밀었다

숙모의 등은 작고 아담해 쇼트트랙 선수처럼 빠르게 멀어져 갔다

이모***는 잔소리 많은 친정엄마였다

거울을 들고 어머니 이곳저곳을 비추다 뜬금없이 울먹거리곤 했다

어머니는 그때마다 말없이 이모의 등을 껴안았다

마치 자신의 등을 안는 사람처럼 편안해 보였다

* 창원 고모는 오시면 언제나 제일 큰 소파에 앉았다. 소파는 함부로 움직이지 않는 권력. 언젠가부터 소파가 비어 있었는데 그 자리엔 꼬리를 흔들며 초롱이가 차지했다. 어머니 말씀에 고모는 요즘 하루가 멀다 하고 교회 다닌다 했다. 아들이 선교 활동을 하다가 하느님 품으로 떠나간 뒤부터였다. 작년인가 하루는 갑자기 새벽에 전화가 와서는 꿈에 몇십 년 전 죽은 너그 아버지를 보았는데 펑펑 울다가 그만 니 생각에 전화했다고 했다. 가만 생각해보니 아버지 누나였다.

** 아버지 밑으로 남동생이 셋 있었는데 큰숙모는 대인관계가 좋은 큰삼촌 덕분에 여러 번 얼굴이 바뀌었지만 음식하러 온 얼굴은 한 번도 없었다. 이웃 동서 살다 처녀 총각 때 죽어 삼촌과 영혼결혼식을 올린 둘째 숙모는 제사 때 음식만 드시러 오셨다. 막내 삼촌과 금실 좋기로 동네방네 소문난 우리의 막내 숙모는 음식을 하러 오는 날까지 집에 두고 온 빨래 걱정 삼촌 밥 걱정을 했다 어머니는 늘 살림꾼인 그녀 칭찬을 아끼지 않았고 우리도 어느덧 숙모를 존경하게 되었다.

*** 체구가 좋은 어머니는 오 남매 중 막내였다. 외삼촌들에게 오빠, 오빠 하며 응석을 부리는 풍경은 자주 우리를 놀라게 했다. 어머니는 어려서부터 당신을 업고 키웠다는 미수동 큰이모 걱정이 많았다. 그녀는 자식들이 줄줄이 사업 실패하고 살던 집마저 모두 넘어가자 팔십 넘은 늘그막에도 돈 욕심이 많아졌는지 않는 소리를 자주 했고 어머니는 늘 이불 밑에 봉투 하나를 두고 나왔다. 지난해 쓸쓸히 노인요양병원에서 돌아가셨는데 그날 어머니 얼굴에서 눈빛이 글썽한 이모를 보았다.

고드름

　참 흔한 말인데 그 말 때문에 많은 계절이 다녀갔는데 그 말 위하여 먼 길을 돌아왔는데 도저히 입술에서 떨어지지 못하고 온몸이 얼어붙은 말이 있다 신음조차 내지 못해 오싹한 표정으로 굳어버린 말이 있다 누구라도 한 입 베어 먹으면 속 시원한 말일 뿐이라는데 밤새 창문만 바라보던 소심한 말, 그해 당신의 처마에 소포처럼 두고 온 속이 훤히 비치는 말이 있다 참 흔한 말인데 끝내 봄날의 뒤뜰로 흐르지 못하고 스스로 비수가 된 말이 있다

설날

다들 둘러앉아 제삿밥을 나물에 비벼 한 살씩 더 먹었다.

어머니도 삼촌들도 아내도 조카도 모두 한 살을 맛있게 먹었다.

마당의 나무도 강아지도 승용차도 우리 집도 각자 한 살씩 배부르게 먹었다.

나는 이제 아버지보다 훨씬 나이가 많아졌다.

오후에 추모공원에 갔다. 사진 속 풍경은 어디로도 흘러가지 않았다.

─또 한 살 더 먹었냐고

서른일곱 살의 아버지가 큭큭 웃으신다.

고객 감사 한가위 선물 세트

찾으시는 계절은 생필품 코너를 돌면 차곡과 차곡 사이에 있습니다 달력과 달력 사이, 주고와 받고 사이, 가격과 지갑 사이, 주저와 주저 사이, 자매라니요 우린 엄마와 딸 사이, 화장과 포장 사이, 카트와 카트가 서로의 어깨를 부딪는 사이로 올해도 걸음이 몰리는 취업과 결혼 사이, 고향과 잔업 사이, 칙칙과 폭폭 사이, 사이를 한 바퀴 돌면 사이가 보입니다 당신과 나는 어떤 사이일까요 사이로부터 달아날 수 없는 사이, 당신을 한참 들었다 놨다 하는 사이, 누군가 얼른 홍삼 세트를 꺼내듭니다 사이와 사이를 잘 보시면 1+1이 있습니다 서민이 행복해지는 마법을 우리 사랑해도 될까요 사이를 한 바퀴 돌면 고개를 숙인 채 덤으로 따라오는 내가 보입니다 사과와 사과 사이, 앉아 있는 피곤한 당신도 오래전 누군가가 보낸 선물, 덜컹덜컹 꿈이었다가 현실이었다가, 사이가 흔들리면 손잡이를 꼭 잡으세요 웅성웅성 별들이 빙글빙글 도는 사이, 꽃들의 전쟁이 터질 듯과 말 듯 사이, 공중에서 중계하는 정상과 회담 사이, 고객님, 세상이 바뀌어도 계산이 먼저입니다 돌아눕는 붕어빵과 뜨거워진 눈빛 사이, 깜빡 잊은 얼굴 찾아 뛰어가는 구름을 지나면 계산대에 길게 늘어선 산과 산 사이, 계란 한 꾸러미로 깜짝 파고드는 능청과 주름 사이로 아버지, 올해도 반짝 둥근달 이 떴습니다.

누룽지

하늘 천 따지 가마솥에 누룽지

눌어붙은 얼굴들

푹푹 찌는 압력밥솥은 모르지

가난이 얼마나 고소한 소리를 내는지

숟가락으로 빡빡빡

너도나도 맛있는 간식

부릉부릉 누룽지

뱃가죽이 등가죽에 붙어도

누룽누룽 누룽지

엄마 속만 빡빡 긁었나

밥솥도 빡빡 긁었지

긁어도 긁어도 끌끌 웃던 밥솥의 누룽지

누군가 말했지

영어로 바비브라운이라고

밥이 갈색이란 말씀

정우영 시인은 '밥이부러운'이라 했지

그래 그래 밥이 부러운!

밥이 그리운 누룽지

다섯 식구 우르르 달려들면

남지 않던 밥

썰물처럼 허전하게 줄어들던 밥

말라붙은 눈물 같아

오랫동안 아껴 먹던 유년의 누룽지

지금은 어디서 끌끌끌,

웃고 있을까

당신의 골목

그곳이 지도에 없는 이유는
햇볕이 잘 들지 않기 때문이죠
얼굴을 맞댄 오래된 집들은
그 자리에서 늙어가죠
혹자는 부질없는 집착이라고 하지만요
골목을 벗어나지 못하는 당신,
가끔은 누가 볼까 휘파람을 불지만
소리는 그림자를 춤추게 하죠
꿈틀꿈틀 일어나는 기억,
슬금슬금 쫓아오는 골목, 뒤돌아보는 당신,
허름한 창문 틈새로 슬픔이 불빛처럼 새어 나오고
개 짖는 소리에 골목이 가늘어져도 두려워 마세요
골목의 병명은 지도에 나타나지 않아요
늘 웅크려 자는 당신
오래된 골목 하나 품고 사는 당신
십 년 혹은 이십 년 전 어디쯤
쓰러져 있는 당신에게
다정한 목소리로 골목아, 라고 불러보세요

골목은 엎어져도 골목,

무르팍이 깨어져도 또다시 훌훌 털고 일어나

가고 있지요 무심하게도

다시 뒤돌아 걷지 않는 한

골목은 쉽게 끝나지 않지요

몇 번이고 다시 방영하는 드라마처럼

삐뚤삐뚤 아버지

삐뚤삐뚤 아버지 오신다 삐뚤삐뚤 목소리로 오신다 선생님이 내어준 빈칸을 채우지도 못했는데 삐뚤삐뚤 부끄러운 아버지가 삐뚤삐뚤 목을 흔들며 오신다

나는 똑바로 쓰는데 글씨가 이상하게 삐뚤어지네, 부조 봉투에 아버지를 반듯하게 쓰던 날 삐뚤삐뚤 웃던 아버지가 치아가 삐뚜름하던 아버지가

삐뚤삐뚤 그려놓은 국민학교 담장 눈들을 지나 삐뚤삐뚤 수레를 따라오는 어두운 골목을 지나 삐뚤삐뚤 노랫가락 엇박자로 부딪히는 선술집 창문을 지나 삐뚤삐뚤 지붕마다 피고 지던 해와 달을 지나

아직 아버지의 빈칸을 채우지도 못했는데 삐뚤삐뚤 아버지가 오십이 넘은 나를 업고 걸어오신다 삐뚤삐뚤 연필 한 자루로 삐뚤삐뚤 새 공책으로 삐뚤삐뚤 노란 토끼 그려진 책가방으로

액자 속의 아버지는 늘 반듯하여 어머니는 두고두고 자랑
이신데 내 몸속 지도엔 삐뚤삐뚤이 너무도 많아 아버지 오
시는 날 창문을 열면 멀리서도 아버지 어깨가 무겁게 흔들
거린다 가만히 아버지를 눌러쓰면

  아버지가 눈치도 없이,

  삐뚤삐뚤 글자로 걸어오신다

처음처럼, 이라는 주문

처음은 누가 나눠줍니까

특가 분양 구름 전단지가 하늘을 날았습니다

처음이 싱글벙글 이삿짐 트럭 타고 갑니다

처음 살게 된 아파트에서

바다를 활짝 열며 아내가 외칩니다

이런 기분 처음이야

처음은 어떤 입술을 가졌습니까

보자기에 싸인 아이처럼

탄성으로 태어나는 처음의 거리에서

오래된 얼굴이 고개를 떨굽니다

얼마나 더 걸어야 두근두근 처음이 될 수 있나요

처음은 어느 순간 별처럼 반짝이고

처음을 가리키는 손가락 끝에서

처음의 그림자는 바람처럼 길어집니다

처음을 그리워하는 힘으로

밤하늘은 고단한 숨소리를 재우고

머리맡 시곗바늘을 되돌려놓습니다

청소차는 집집마다 쌓인 표정을 수거해 가고

아침은 늘 아이 같은 얼굴로 눈을 뜨는 것인데요

처음이 이미 눈을 감고 없는 날에도

우리는 끊임없이 이상한 주문을 외웁니다

처음은 어느 설레는 손이 만들었습니까

사라진 처음이 세상을 덜컹덜컹 굴렁쇠처럼 굴리며 갑
니다

처음의 기억이 올해도 동네 뒷산에 그만

울컥, 진달래꽃을 피웠습니다

욕지 일기
— 해안도로

요 앞 해안도로 따라 야무지 걸으몬 세 시간 정도 걸리제, 차를 타고 돌믄 모 한 시간도 안 걸리고, 다리 힘 좋은 선상들은 등산을 주로 한께, 산 중턱 따라 돌믄서 천왕봉도 가고 망대봉도 가더라고, 지 가고 싶은 데로 가서 비잉 한 바꾸 돌믄 된께나, 다들 풍경이 쥑인다 카데, 아, 선창은 여서 가찹제, 근디 참 뭐 주까? 아머리카노 주까? 요즘 입맛에 맛다고 고구메 라떼도 많이 찾는디, 수평선 몇 줄 이마에 달고 있다. 주름의 행간에 출렁이는 뱃고동 소리 바람 소리 물새 우는 소리 가만히 따라 돌면 눈앞에 펼쳐질 아늑한 풍경들. 푸른 고등어처럼 눈부신 날 앳된 처녀가 환하게 손 흔들고 있을 선창은 어디쯤 있을까, 할매요, 할매의 긴 해안선을 따라 한 바퀴 도는 데는 얼마나 걸리나요

어느 날 문득 아내가 라일락 나무를 심자고 했다

그때 마당 나뭇가지에 얼굴이 긴 새 한 마리 웃고 있었다. 이문세. 라일락 꽃향기를 맡고 싶다고 했다. 바람에 묻어오지 않아도 버스 창가에 흔들리지 않아도 알 것 같은 라일락 향기. 혀를 둥글게 말고 라일락, 라일락, 햇살 가득 눈부신 슬픔 안고 잊을 수 없는 기억의 라일락. 가슴이 보일락 말락 비치는 날. 꽃향기에 코를 파묻고 싶다고 했다. 봄바람이 들락날락거리는 날. 꽃향기에 흠뻑 젖고 싶다고 했다. 저만치 가로수 그늘 줄 맞추어 걸어오는 날. 라일락 나무를 심자고 했다. 그녀가 라일락 꽃향기 따라간다. 이문세 등을 타고 구름 속으로 날아간다. 라일락, 라일락, 나는 이렇게 여위어가는데 그렇게도 아름다운 세상 묘목 사러 간다.

제2부

수제비
먹으러 가자는 말

새

멀리 떠나는 이를 향해 사람들은 손을 흔듭니다. 손은 새의 그림자를 품고 있어 공중을 흔들면 푸드덕, 새 한 마리 날아오르고, 새는 멀고 먼 길을 따라갈 수 있기 때문입니다. 산 넘고 강 건너 들녘을 날아가다, 어느 버스 창가 촉촉이 젖은 눈과 만나면, 수평선처럼 눈과 눈이 길게 마주치면, 새는 우아하게 공중을 날고 이별의 말이 그려내는 곡선을 따라, 눈도 어느덧 창공을 비행합니다. 바람에 얼굴을 닦는 법을 배우는 것입니다. 아픔은 수시로 눈을 비비며 노래처럼 찾아올 것이고 그때마다 당신은 구름에서 새를 꺼내어 날릴 수 있겠지요. 아주 오래전부터였습니다. 이 별의 사람들은 사랑하는 사람과 헤어질 때 꼭, 새 한 마리 딸려 보냅니다.

목련이 피는 시간

그의 몸은 얼핏
누군가 구겨놓은 종이 같군요
사내는 밥알이 볼에 묻으면 웃는데요
숟가락의 하늘에
턱이 있고 코가 있고 뒤통수가 있습니다
위태로운 비행 끝에 착륙한 순간
웃음이 분수처럼 헤프게 터지고
봄날 오후 흩날리는 밥알들,
때 아닌 난장에
손님들 표정은 굳어지고
식당 주인은 난처한 눈빛으로 서 있습니다
사내는 무안한 듯 팔을 비비 꼬다
다시 웃음을 쏘아 올립니다
가히 전천후 미사일입니다
나는 엉겁결에 피식 웃음을 받아 안습니다
고개를 숙이고 밥을 먹으며
저 끈질긴 웃음의 소매 안쪽
얼굴을 떨구고 있을 말을 생각합니다

식사를 마치고 일어서던 사내

그만 의자에 걸려 넘어지고

다시 웃음이 접혔다 펴지는데요

가슴에 뿌리를 둔 말들은 꽃잎이 있겠지요

얼굴이 점점 하얗게 달아오르고

그는 지금 목젖에 걸린 말의 향기를

온몸으로 품어 올리는 중입니다

미안해요, 괜찮아요,

말이 표정을 드러내는 전력투구의 시간입니다

서피랑 피아노계단

서피랑 하늘길에 피아노계단이 생겼다
이백 년 넘게 사신 후박나무 입가가 흐뭇하다
이제 비탈도 먹고살 만해졌다는 말씀
오르락내리락 삐거덕삐거덕거리던 비탈의 무릎도
드디어 후렴구를 얻은 것

　가난한 저녁연기 서로의 어깨를 부딪고 밀어 올린 서피랑
언덕

　거북선 통통, 강구안 지나
서피랑에 가면
골목과 골목 사이 자라목 내민 아이들 눈짓
길게 따라가면

　통, 통, 통, 굴러가는 소리들
통, 통, 통, 모여드는 궁금한 귀들
통, 통, 통, 무릎의 후렴구 따라 어깨를 들썩이는

비탈의 계단과 비탈의 고목과 비탈의 집들과 비탈의 치욕

과 비탈의 일기장과 비탈의 눈물과 비탈의 바람과 비탈의
하늘, 그 고음 위로

구름처럼 흥에 겨워 비틀비틀 흘러가는 비탈의 날들

이제 눈을 감고 걸어보세요
비탈이 연주하는 즐거운 손가락이 된 당신들

봄날

눈이 마주쳤을 때
소는 웃고 있었다

우리 집 앞을 유유히 지나던 소,
마구간 느슨한 고삐 풀고
뒷산으로 산책 중인 웃음이었다
이장이 부랴부랴 방송을 하고
걱정이 웅성웅성 모여들었다
누구 집 소여, 어찌 나갔대,
엉거주춤 신발들이 우르르 뒷산으로
올랐으나 헛일이었고
웃음은
해거름 송아지 울음소리에 자진 귀가하였다
노인네들만 수북한 이 동네서
웃는 소만 본 게 아니다
웃는 개, 웃는 고양이, 심지어
웃는 닭까지 수시로 등장했다
원체 문고리가 헐렁한 마을이었고

웃음을 쫓아갈 기력이 없는 마을이었다
잠시라도 한눈팔면
집 나간 입꼬리가 노고지리처럼
동네 하늘에 둥둥 떠다녔다

하루는 노인네들이 머리를 맞댔다
늙었다고 무시하는 거여,
우리도 못 할 거 없지 암,
동구 밖 오래된 느티나무 이파리들이
반짝반짝 광을 내던 어느 날 아침
모두들 마을을 떠났다
저들끼리 덩그러니 남은 집들을 지나가며

꽃단장한 전세버스가
크게, 한 번 웃었다

수제비 먹으러 가자는 말

내 마음의 강가에 펄펄,
쓸쓸한 눈이 내린다는 말이다
유년의 강물 냄새에 흠뻑 젖고 싶다는 말이다
곱게 뽑은 국수도 아니고
구성진 웨이브의 라면도 아닌
수제비 먹으러 가자는 말
나 오늘, 원초적이고 싶다는 말이다
너덜너덜해지고 싶다는 뜻이다
하루하루 달라지는
도시의 메뉴들
오늘만은 입맛의 진화를 멈추고
강가에 서고 싶다는 말이다
어디선가 날아와
귓가를 스치고
내 유년의 처마 끝에 다소곳이 앉는 말
엉겁결에 튀어나온
수제비 먹으러 가자는 말
뇌리 속에 잊혀져가는 어머니의 손맛을

내 몸이 스스로 기억해낸 말이다

나 오늘, 속살까지 뜨거워지고 싶다는 뜻이다

오늘은 그냥, 수제비 어때,

입맛이 없다는 말이 아니다

당신, 오늘 외롭다는 말이다

진짜 배고프다는 뜻이다

서정적 보따리

저 노인 들고 오는 구름 보따리
애호박, 오이, 고추, 당근, 가지
사이좋게 앉아 있을 보따리
구석구석 깻잎 킥킥 웃고 있을 보따리
무소식이 희소식이제, 암
긴 여름 풀벌레 소리 한 움큼 들었을 보따리
올핸 안 까먹고 단감도 넣었을까
손톱 밑 거름 냄새 잔뜩 묻었을 보따리
그냥 임자 묵거로 놔둬
둥근 떡과 떡 사이
보름달도 능청스레 누워 있을 보따리
묶었다 풀었다 정신없을 계절 보따리
요즘 애들은 안 좋아한다니께 그러네
옥신각신 한 귀퉁이 묶었을 보따리
동구 밖 따라온 개 배웅 길게 올라타고
오리 길 무릎 졸졸 끈덕지게 올라타며
점점 생각이 많아졌을 보따리

벌써 여러 해

노인 손 잡고 다녔을 보따리
덜컹덜컹 마을버스 먼저 올라
창가 쪽 앉아 풍경 살피고
버스 문 열릴 때마다 멀뚱멀뚱
노인 얼굴 쳐다보던 보따리
가슴속 가득한 구름들 누가 볼까
남몰래 두 주먹 불끈 쥐고
스스로 소중해지던 보따리

어느 가을 산촌 구불구불 돌아 나가던 버스에 앉아
이마 땀 총총한 풍경을 본 적이 있지
꾸벅꾸벅 조는 팔순 노인 데리고
멀고 먼 딸네 집 가던
듬직하고 우아한 시골 보따리

조화

이화공원묘지에 도착하니
기억은 비로소 선명한 색채를 띤다
고왔던 당신,
묘비 옆 화병에 오색 이미지로 피어 있다
계절은 죽음 앞에서 얼마나 공손한지
작년 가을에 뿌린 말들이 고스란히 남아 있다
울며불며한 날들은 어느새 잎이 지고
죽음만이 우두커니 피어 있는 시간,
우리는 일렬로 서서
조화를 새 것으로 바꾸어놓는다
술을 따르고 절을 하는 도중에
어린 조카가 한쪽으로 치워둔 꽃을 만지작거린다
죽음이 죽었는지 살았는지 궁금한 거다
세월을 뒤집어썼지만
여전히 부릅뜬 웃음을 본다
우리는 모처럼 만났지만 습관처럼 갈 길이 바빴다
서로의 표정에 대해
몇 마디 안부를 던지고 떠나는 길

도로 건너편 허리 굽은 노파가
죽음 한 송이를 오천 원에 팔고 있다
차창 너머로
마주친 마른 과메기의 눈빛
삶이 죽음을 한 아름 안고 있다,
한 줄의 문장이 까마귀처럼 펄럭이며
백미러를 따라온다
살다가 문득
삶이 살았는지 죽었는지 궁금한 순간이 있다
그런 날은 온통
흑백으로 흐릿해지는 세상의 이마를
만지작만지작거리고 싶은 것이다

솔라버드

언제나 숲속에 온 기분을

느낄 수 있어요

그녀의 상품 가치는

누군가가 그녀의 가슴에 장착한 울음

빛을 먹고 노래하는 그녀는

유명 쇼핑몰의 기획상품이다

깜찍한 눈매와 색동 날개

사람들은 쨍쨍 입을 모은다

암만, 살아 있는 새보다 훨씬 낫지

계절이 바뀌어도 삐리리삐이삐삐

바람이 불어도 삐리리삐이삐삐

훨훨 날아가지 않고

밥만 먹으면 노래하니

지치지도 않고 삐리리삐이삐삐

세상의 귀를 즐겁게 해주니

그녀의 노래를 들으며 출근하던 어느 날

문득 궁금해졌다

늘 그 자리 무표정한 얼굴

좀 더 새답게 만들어줄 수는 없나
그녀의 감정은 애당초
사용설명서에 없는 것인데
상품이란 본래 그런 것인데
어리석게도 나는 두려워진다
삐리리삐이삐삐 하루 또 하루
표정이 변하지 않는 저 노래는
어떤 계절이 와야
화들짝, 날개를 펴고
날아가나

욕지도 출렁다리

출렁다리에 서면 즐겁다 흔들흔들, 바닥이 솔직해진다는
것 풍경이 얼마나 위험한 생각을 품고 있는지 적나라하게
보여준다는 것 그때 왜 당신이 털썩 주저앉았는지 알 것 같
아서 조심조심 말을 꺼내던 당신도 알 것 같고 자꾸만 손잡
이를 찾던 마음도 알 것 같아서 철렁, 가슴이 어디로 내려앉
았는지 그 장소도 깊이도 어렴풋이 알 것 같아서 출렁, 출렁
다리를 지나면 즐겁다 슬픔이 솔직해진다는 것 다리가 후들
거리는 할머니, 얼마나 긴 출렁다리를 걸어왔는지 왜 바닥만
보고 걷고 있는지 알 것 같아서 출렁출렁 공중으로 가는 발
걸음, 하루하루가 무섭다, 무섭다 하면서도 왜 인생이 가끔
손뼉을 치며 즐거워하는지 가만히 생각해보면 알 것도 같아
서 출렁, 출렁다리를 보면 즐겁다 흔들흔들 삼삼오오, 진지
하던 걸음의 얼굴이 무거운 걸음의 시간이 음악처럼 놀이처
럼 걸어오는 것 같아서 근사한 포즈로 걸음을 담는 당신들도
알 것 같고 가슴이 출렁거릴 때마다 꺽꺽 안간힘을 쓰는 출
렁다리의 가슴도 가만히 보고 있으면 알 것만 같아서

시의 얼굴

정윤천 시인의 근작시를 읽다가
입꼬리가 살짝 올라갑니다
행간에 김 한 장 쩍 붙어 있는데요
전라도 사투리 즐겨 쓰는 시인의
구수한 잇몸이 보입니다
시를 읽으면 얼굴이 보입니다
입가에 침이 잔뜩 고여 있는 시
어떤 시엔 신나는 음악에 빠져 있는 귀가 보이고
이마에 글썽글썽 주름이 선명한 시도 있지요
멋쩍은 듯 내내 뒤통수를 긁적거리는 시
조용조용 속삭이는 입술을 품은 시
청년 노동운동가의 시는 역시
신념에 찬 광대뼈가 드러납니다
생각이 무성한 머리카락을 휘날리는 시
어느 겨울 해변 마주친 얼굴 같은
첨벙첨벙 울음이 고인 눈을 가진 시도 있지요
물론 몇 번을 읽어도
표정이 없는 시가 있습니다
진심이 아닌 얼굴입니다

세상에서 가장 쉬운 질문

통 기억이 안 난단다

이름을 말하셔야 재발급해드리죠

다른 가족 분은 없으세요

홀로 사신 지 이십오 년, 아들 하나 있는데

십 년 넘게 소식이 없단다

사람들이 부르던 할머니 이름

다시 한번 잘 생각해보세요

아침부터 찾아와

지갑 잃어버렸다며 울상 짓던 할머니가

재발급 수수료가 비싸다며 깎아달라던 할머니가

이름을 물어보자

갑자기 멍한 표정을 짓는다

기억 속의 이름은 어디로 갔을까

아주 어릴 적

친구들이 정답게 부르던 이름

엄마가 밥 먹으러 오라며 애타게 부르던 이름

돌아가신 할아버지

젊은 날 어느 오동나무 아래서 두 번 세 번
손 흔들며 불렀을 이름

어느 날 문득
새처럼 훨훨 유년 속으로 날아가버렸을까
할머니 몰래 얼굴의 검버섯 속에 꼭꼭
숨어버렸을까
이름을 찾아 꼭 다시 오세요
한참 동안 허공을 응시하다
현관을 나서시는 할머니

먼 길 가시는 할머니 머리 위로
오랫동안
새록새록
첫눈이 내렸으면 좋겠네

감기

바람이 며칠 머물다 가는 동안
숲속에 아이처럼 누워 있다

백발의 한의사가 처방해준 눈이 내리고 내려서
중얼중얼 입술을 덮고
외로운 숲을 덮고
어지러이 흐르는 시간을 덮는다
오래된 나무가 옛 얼굴로 걸어와 이마에 손을 얹더니
무언가 말을 하고 사라졌다

　숲 밖의 세상에서 컹컹 개 짖는 소리 들려오고 하나 둘 스
산한 그림자들이 몰려왔다
　아무리 눈을 끌어당겨도 검은 저녁을 다 덮지 못했다
　그때 어렴풋이 나를 관통한 바람이 불같은 속내를 품은
서술임을 깨달았다

　아무런 이유도 없이 눈물이 줄줄 쏟아지고
　불완전한 감정이 펄펄 주전자의 물처럼 끓어오르고

쿨럭쿨럭 자꾸만 목에 가시가 걸리는 시(詩)를 꿈결인 듯
생시인 듯
  옛이야기 읽듯
  훌쩍훌쩍,
  밤새 소리 내어 읽었다

엄마가 부르신다

트럭이 땅거미를 싣고 떠난 저녁
어느 돌담 사이로 소가 운다
어둠 속 흘러가는 소리의
뒷모습이 보였다가
다시 잠겼다가 어느새 목련 가지 끝
파르르 흔들며 지나간다
한 소절, 한 소절, 또 한 소절,
순한 울음의 등에 올라타면
눈먼 아이도 먼 집 찾아오겠다
울음이 울음 찾아 떠가는 밤
휘영청 달이 뜨고
저 환한 창가에서 핏기 어린 울음을
긴 혀로 부드럽게 핥아주겠다
슬픔 한 방울도 허투루 흘리지 않고
온전한 울음을 연신
우주에 띄우던 밤
숨 죽은 듯 고요해진 집들의 이부자리마다
울음 한 송이씩 내려앉던 그날 밤

마을은 고개를 숙이고
모두 멀리 떠나온 아이들처럼
둥근 잠에 빠져들기 시작했다

주남저수지

누군가 양팔을 크게 벌리면

세상의 길이 모여드는 곳이 있다면

길이 찰랑찰랑 발을 담그고

길이 첨벙 머리를 물속에 넣기도 하고

길이 아이들처럼 동그랗게 가슴을 맞대고

길이 사뿐사뿐 춤을 추다가

문득 고개를 들면

갈래 머리 곱게 땋은 길이

공중을 지나가는 곳이 있다면

오늘의 슬픔은 그저

발목이 젖을 만큼만 슬픔,

나 기꺼이 울음 위에 두 발로 떠다니겠네

걸음 위에 걸음이 다정히 내려앉고

시간 위에 시간이 천천히 걸어가며

몸을 부대끼며 따뜻해진 길들이

일제히 음악처럼 날아오르는 곳이 있다면

그리하여 떠나는 길이

참 행복했다, 말할 수 있다면

두 팔을 접으면 모두 유유히
한 장의 사진 속으로 아름답게 사라지는
그런 곳이 정말
우리들 세상에 있다면

쓸쓸함에 대하여

　단골집이 사라졌다 단골집이 없는 세상을 천천히 뒤돌아 걸었다

　헐렁한 걸음이 심심해져서 휘파람을 불며 걸었다

　흔한 칼국숫집 하나가 무어라고 중얼중얼거리며 유령처럼 걸었다

　걸음의 표정을 누가 볼까 봐, 낯선 거리를 두리번거리며 걸었다

제3부

숟가락들

공터의 저녁

　엄마, 내 운동화 어디 갔어, 옥상에 말려놓았지, 머리핀, 내 머리핀, 어느 날 장갑을 낀 무서운 인부들이 표정을 철거해 가기 전에 우리 걸어가자 붉은 새 벽돌과 힘센 철근을 실은 트럭들이 달려오기 전에 어서 가자 나는 피리를 불고 어제는 맨 앞에 그 전날은 그 뒤에 그 전전날은 또 그 뒤에 빨래집게 귀퉁이가 뜯겨나간 목소리는 저기 한참 뒤쪽으로 아버지는 왜 안 와, 오늘도 야근이시잖아 바보야, 오빠, 밖에 비 온다, 비, 떠나지 못했거나 버려졌거나 눈을 묻고 귀를 묻고 흔들리는 저녁이 있네 공터에 파편처럼 박혀 있는 얼굴들이 불러 모으는 소리가 있네 어디선가 나타나 얼굴을 만지고 노는 소리들 소리의 표정이 집 안을 유쾌하게 돌아다니고 문득 한 아이의 놀란 눈이 스르륵 창문을 여네 밖에 비 온다, 비, 비는 쏟아지고 젖어가는 얼굴들 단춧구멍 속에 거꾸로 누운 책가방 안에 기울어진 의자 뒤에 툭,툭,툭, 빗방울 우는 깨진 거울 밑에 숨어 있을 아이들 모두들 함께 가자 나는 오래된 동화책에서 걸어 나와 피리를 불고 연기처럼 사라진 집 찾아서 우리 모두 룰루랄라 하나, 둘, 셋, 넷,

문병

엑스레이에 구름 낀 하늘이 찍힙니다,

어제 아팠던 내가
오늘 아픈 당신을 만나러 갑니다
서로의 병명을 묻느라 이번 생은 다 소비하고 말 것 같습니다

병동을 들어서면 늘 벌거벗은 기분이 들지요
내 몸 구석구석 스캔하는 환한 불빛들, 가끔씩 숨을 멎고
눈을 깜박거려야 넘어가는 화면들
복도엔 오늘도 역시 알 수 없는 냄새들이 흐르고요 마스크로 가렸지만
눈빛을 숨길 수 없는, 질문들

신이 우리를 통제하는 지루하고 오래된 방식을 알고 있습니다
웃음은 어느 공사장 난간에서 골절되었다는군요
고요한 병동은 시간이 고여 있는 노란 연못 같습니다

당신은 누워 링거만 보고
　　우리는 서서 당신을 봅니다

　　아프지 말고* 살아가는 일, 이 세상에 없는 문장을 위하
여
　　어제 아팠던 내가 오늘 아픈 당신을 위로하러 왔습니다
　　이것은 계절에 대응하는 우리들의 연대

　　병실 문을 나설 때까지
　　그늘진 침대에서 돌아누워 있는 등을 봅니다
　　바위처럼 아픈 것입니다,
　　아무도 찾지 못하는 숲속에 혼자 있는 것입니다

　　* 자이언티(Zion.T)의 노래 〈양화대교〉에 나오는 가사 '아프지 말고'.

시치미꽃

오늘도 건강한약국 앞 인도에서
도라지 파는 할매
—막 캐 온 것이여 선상님 한 소쿠리 사주소 차비해 집에
갈랑께
행인들은 안다
박스 안에 수북할 막 캐 온 도라지들
버스가 지나가고 꽃무늬 양산이 지나가고
길고양이 하품을 끌며 지나가고

할매와 도라지는
남남처럼 앉아 있다

무릎을 오므린 채 손등 위에 올려놓은 얼굴
비쩍 마른 저 도랑에 꽃이 핀다
메이드 인 산골 호미 우리 할매
개나리꽃 진달래꽃 좋아라 좋아라 웃던 얼굴
도시 한복판에 그림자로 앉아
호미는 밭에서 녹슬어 울고

호미 잡던 손엔 물 건너온 도라지

그늘 잎 띄우고,
청승 잎 띄우고,

우리 할매 늘그막에 꽃이 되었네
이 좋은 봄날, 나비도 벌도 찾지 않는
꽃으로 피었네

구름나라에 삽니다

구름집에 살고 구름차를 몰고 다닙니다 저마다 보유 가능한 구름의 무게가 문자로 전송되고 집집마다 구름 하나씩 키우고 있는 우리들은 구름 위를 걷는 기분이 어떤지 압니다

막내 때문에 구름이 필요한데 매월 꼬박꼬박 당신 얼굴 갉아먹는 마당의 저 구름은 어쩌죠,
친절한 구름 상담사가 말합니다 걱정 말아요 구름이 있어도 뭉게구름 하나 더 드립니다

구름은 식성이 좋습니다 구름이 구름을 먹습니다 걷잡을 수 없이 몸집이 거대해진 구름은 가끔 참을 수 없다는 듯 눈빛을 번득이고
장맛비에 주룩주룩 젖던 가족들이 훌훌 떠난 달동네 빈집엔 오랫동안 구름의 손톱자국이 누렇게 피었습니다

일상의 하늘에 고고하게 떠 있는 우리들의 군주,

구름이 집을 먹고 부릉부릉 차를 빼앗아 몰고 다닙니다

사람들은 더 이상 기대하지 않습니다

　태양은 구름을 이길 수 없지요 저녁이면 눈시울이 붉어지는 것은 노쇠해진 태양의 감성입니다

　이제 구름의 안색과 눈빛을 살피는 것은 지상의 일,

　오늘의 날씨가 잠시 맑은 것은 이웃 구름식당이 가게를 통째로 포기하고 구름을 상환했기 때문입니다 희소식 하나,

　겨울 특집으로 학생증 하나면 충분한 신상 구름이 출시되었습니다 얼어붙은 캠퍼스에 펄펄, 그이의 은총이 휘날립니다

의자들

주. 차. 금. 지.
문신처럼 등짝에 새기고 있다
의자의 본분도 잊은
쓸쓸한 농담 같은 쓸모
지나던 행인이
초라한 늘그막에 대하여 모욕을 던지고
쉴 곳 잃은 바퀴들이 등짝을 향해
몇 차례 깜빡이를 켜지만
묵묵히 빈 무릎만 내려다본다
수십 년간 자부심이었다던 회사가
덜컥 그의 등에 붙인 대기 발령에
떨구던 눈빛도
빈 무릎을 향해 있었다
뒤로 넘어져도 무릎을 펴지 못하는
우스꽝스러운 의자들
의자에게 무릎을 내어주는 것이
의자뿐인 저녁이 관절을 삐걱거리며 오고
서로의 등을 껴안고

기우뚱 건너는 불면의 밤
환한 잇몸을 드러낸 달이 웃는다
선착순 호루라기 소리
뒤뚱뒤뚱 걷는 네 마리 오리들

붉은 페인트 등짝에 새기고,
고장 난 발목 날개에 숨기고,

아름다운 가족

타인의 시선은 즐거운 만찬이어서
온종일 굶어도 좋았다
아빠는 오늘도 아웃도어
엄마는 새 원피스에 입꼬리가 조금 길어졌다
동생의 캠핑 모자는 앞뒤가 바뀌었지만 말하지 않았다
클래식 음악처럼 잔잔한 무관심이
집 안 가득 흐르고 김칫국물 냄새 나는
대화가 없어 좋았다
동생이 그만 계단을 굴러
팔 하나가 빠졌을 때도 모두들 침착한 얼굴
바람에도 흔들리지 않는 눈빛이 좋았다
며칠째 빈 의자가 낯설었지만
서로에게 궁금한 표정을 짓지 않아 좋았다
어느 날 아빠가 새 동생을 데리고 왔다
화끈하게 얼굴이 없어 좋았다
마치 좋았다라는 표정으로 태어난 석고상처럼
모든 것이 좋았다
우린 사람들에게 고백할 다른 언어를 배우지 않았다

표정은 세상을 향한 우아한 비행
표정을 일탈한 표정 하나가 껍질이 발가벗겨진 채
포토라인에 섰다는 소식도 들려왔다
우리는 우리가 지켜야 할 거룩한 얼굴로 태어났다
늘 품격의 거리를 유지한 채
서로에게 눈길 한 번 주지 않아도 좋았다
흰 눈이 내리듯, 심장이
푸석푸석 가루로 떨어져도 좋았다
눈부시게 맑은 날
유리창 속 우리 가족의 모습은 좋았다
살아 있는 선명한 화질로,
거리의 백성들이 보시기에 더욱 좋았다

충렬반점 최 통장

충렬반점 스쿠터가 정오를 가로질러 간다
일용할 양식이 울퉁불퉁 구름 속으로 달려간다
문패도 번지도 없는 골목을 돌아
식도보다 출구가 긴 꼬불꼬불 골목을
대답보다 질문이 많은 골목
계산보다 군침을 먼저 흘리는 골목을
모가지 묶인 개들이 합창하는 양철대문을 돌아
가다 말다 허전한 듯 뒤돌아보는 골목을 돌면
구름이 구름 속으로 흘러가고
골목이 골목 속으로 뻗어가고
계절이 계절 속으로 스며가고
삼십 년을 빙글빙글 돌았는데
충렬반점 한 평 가게
사장님이자 종업원이자 배달부이지
오늘도 배고픈 전화벨이 울면
짜장면을 닮은 최 통장이
최 통장을 닮은 스쿠터가
둘 다 야무지게 닮은 면발이

춘장이, 단무지가, 젓가락이, 우르르
달려가고,
달려가고 있네

사무직 K씨

자판은 빵을 굽거나 생선을 튀길 수 있다[*]
자판에서 밥이 나오고 월세가 나오고
밀린 전기요금이 나온다
숙련된 손이 자판을 두드리면
다각, 다각, 다다다각,
모니터 속에 발자국을 남기며 그가 달린다
그의 눈을 자세히 보면
분해된 자음과 모음과 숫자와 이름 모를 기호들이
물고기처럼 유영한다
언젠가 그가 심혈을 기울여 만든 새 이름의 상품이
어디론가 날아간 뒤
온 우주를 뻘뻘 뒤지다 돌아온 그는 수시로
시간을 저장하는 버릇이 생겼다
다각, 다각, 다각각, 다다다다,
생각의 재봉틀로 밥이 조립되고
단추 구멍 같은 시간 속으로 그가 달린다
많은 시간이 지나도
그는 땀을 거의 흘리지 않는다

두 눈이 낮달처럼 휑하거나 뒷골이 팍팍 댕기는 것은
노동의 갸륵한 표식이다
그의 바지는 늘 깨끗하고 바지 속 두 다리는
식물처럼 바닥에 닿아 있다

늦은 밤 사무실
그가 표의 창살 속에서 무의식의 기호로 갇혀 있다
비쩍 마른 두 손이 하얀 세상을 길게 쥐어뜯는다
하루의 전원이 좀체 꺼지지 않는다.

* 남진우 시인의 시 「요리사의 책상」에서 인용.

사월, 아주 길고 긴 노래

모두가 잠든 검은 밤에도 부르는 노래 비바람이 불어도 젖지 않는 얼굴을 가진 노래를 알고 있지 가만히 듣고 있으면 울음 같은 노래 가만히 듣고 있으면 노래 같은 울음, 그립다, 그립다의 가슴으로 달려오는 그립다, 그립다, 그립다의 등짝에 끝없이 물수제비를 띄우며 들려오는 노래

그 많은 악보를 받아 적느라
하늘은 온통 노란 물결
그 길고 긴 노래를 부르느라
형체도 없이 사라진 입술들

하여 사월은 노래 앞에 산산이 부서지는 모래알 같아 꾸역꾸역 모래를 삼키며 살아가는 가슴 같아 울컥울컥 눈에서 모래가 쏟아지는데도 멈출 수 없는 보고 싶다, 보고 싶다, 미치도록 보고 싶은 끝없는 모래의 춤 같아, 수없이 달력을 찢으며 악보를 넘겨가며 부르는 아주 길고 긴 노래 시간의 눈이 멀고 시간의 귀가 먹어도 끝나지 않을 노래를 기억하지, 끝내 인양하지 못한 노래 깊은 바닷속—아직도 잠들지

못하는 라디오에서 생생히 들려오는 왁자지껄, 철없는 너
희들의 합창

숟가락들

우는 숟가락이 있다

숟가락이 왜 우냐고 묻는데 그만 숟가락을 놓는 숟가락이 있다 당신도 우는 숟가락이군요 가만히 입술을 만져주는 숟가락이 있다

숟가락을 씻으며 나는 가끔 너무나 닮은 숟가락들이 우스워진다 오목한 숟가락으로 태어나 평생이 숟가락인 숟가락들

숟가락 위에 앉은 지구가 돌면 숟가락 있을 자리 찾아가는 숟가락 숟가락이 무거워 고개 숙인 숟가락 숟가락을 철없이 던지는 숟가락 어질러진 숟가락을 차곡차곡 쓸어 담는 숟가락

하늘을 나는 숟가락이 있다 먼 길 뛰어가는 숟가락이 있고 숟가락을 들고 줄을 선 숟가락이 있고 자꾸만 숟가락을 뒤집어보는 숟가락도 있다 그래봤자 숟가락인 숟가락

숟가락에 얹힌 무게는 달라도 하루가 기울면 일제히 서로를 껴안는 숟가락통의 숟가락들,

숟가락을 세다가 고개를 떨구는 숟가락이 있다 나도 어쩔 수 없는 숟가락이어서 미안하다는 숟가락이 있다

숟가락 위로 꽃잎이 툭툭 떨어지는 숟가락 울다가 웃는 숟가락이 있다

우주를 한 바퀴 도는 시간

죽은 자를 위한 법이 있다

아무리 행려병자라 해도 24시간이 지나야 합니다
사무적인 목소리로 장례식장 직원이 말한다
그의 빈소는 비어 있다

그날 오후 장례식장 비스듬히 열린 창문 사이로
잠시 햇살이 들어왔을 뿐인데
하루가 지났다
식은 국밥 한 그릇에 숟가락을 얹자
일 년이 훌쩍거리며 갔다 새들처럼
웃고 떠드는 조문객 사이로 십 년이
농담처럼 흘렀다
사정이 있다며 하나 둘
자리를 뜨는 얼굴마다 주름이 돋아났고
우리는 복도에 줄지어 선 화환처럼 늙어갔다
빈소는 여전히 비어 있다 꿈결인 듯
햇살이 잠시 엎드려 있다 떠났고

바람을 타고 국밥의 향기가 은은하게 감도는가 싶더니
어디선가 한꺼번에 다정한 목소리들이 몰려와서
그의 사진을 내내 만지작거렸다
그날 장례식장 옥상 하늘엔
무수한 날들의 별이 밤새 반짝거렸다
24시간이 다녀간 뒤,

그는 화장장으로 갔고 신발 한 켤레만 남겨놓고 떠났다

걸음이 어느 구름 속으로 사라졌는지
누구도 궁금해하지 않았다

운주사 깊은 잠

그들의 꿈에 잠시
스쳐 가는 풍경처럼 다녀왔다
눈썹이 지워지고
입술이 지워져가는 석불들이
나란히 앉아 있었다
어느 날 눈이 사라졌으니
잠에서 번쩍 눈뜰 염려가 없고
입술이 지워졌으니 또다시 저녁이 와도
끼니 걱정 안 하실 일
무심한 얼굴을 더듬어 내려오다
두 손으로 곱게 모은 기도를 보았는데
언젠가 불타는 세월이
기도 앞을 쿵쿵거리며 뛰어다녔을 때도
철없이 눈썹을 쪼던 새가 어느새 눈이 멀어
발등에 떨어져 죽었을 때도
꿈쩍하지 않았던 것은
분명 기도보다 깊은 잠에 빠진 까닭이다
점점 얼굴이 지워져가는 얼굴들이

착한 아이들처럼 나란히 앉아
세월 좋게 주무시고 있었다
덩그러니 코만 남은 얼굴이
아침도 벗고 저녁도 벗고 훌훌 표정도 벗고
깊은 잠에 빠져 있었다
어떤 분은 아예
자리를 깔고 하늘 아래 누워 계셨다
신기한 듯 쳐다보는 사람들을
(허공에 주렁주렁 박힌 창백한 눈과 입들을)
본체만체
저들끼리 야속하게
태초의 모습으로 돌아가고 있었다

거룩한 사무직

시금치를 시금치라 부르지 못하고
눈만 끔벅거리는 염소들을 사랑한다

보고서가 날아다니는 사무실은
푸른 초원 같아,
새 떼처럼 우아하게 휘날리는 A4용지와 흑백으로 복사되
는 당혹스러운
표정을 사랑한다
날아드는 상사의 눈빛을 피해 일제히 고개 숙인 모니터를
사랑한다
중세기 교회의 말씀처럼 납득할 수 없는 순간마다 천장에
서 신호처럼
내려오는 밥줄을 무의식적으로 사랑한다
형광등 불빛 아래 숨소리마저 사무적으로 관습화된 노동을
사랑할수록 점점 입체적으로 온전해지는 스트레스를
제정신이 아닌 정신의 세계를 사랑한다, 그리하여

귓속말이 미치도록 아름다운 복도와

찬란한 홀쩍거림을 멈추고 전송하는 욕설과
삼삼오오 모여드는 신발들을 사랑한다

만일을 대비하여
복도 끝에서 지키고 선 소화기를 사랑한다

들어도 못 들은 척 능청스러운 얼굴을
이젠 사용법도 흐릿해진 하루를 숙명적으로 사랑한다

보헤미안 랩소디

어느 날 귀의 공중에 슬그머니 눈 뭉치 하나가 생겨났다
동그랗게 떠 있는 마마,

며칠이 지나도 공중에서 떨어지지 않는 낮달이었다 아픈
입술을 가졌으며

눈을 멀게 하는 질문이었다 갈 곳을 잃은 아이의 소리, 절
망 밖으로 도망칠 수 없는 울음이었다

허공에 굴리면 끝없이 점점 커져가는 소리, 소리의 품에
안겨 소리를 따라 넘어지고 소리와 함께 뒹굴고 싶은 소리
였다

달리는 차 안에서 당신을 꺼내 들었다 조금씩 볼륨을 키
우는 저녁의 불빛이 눈 뭉치를 환하게 비추는데,

쓸쓸하거나 비열한 거리를 떠돌던 세상의 손들이, 마마,
우~우우우~ 소리의 아픈 이마를 만지며 하얗게 운다

제4부

기다린다

공룡나라 휴게소

공룡나라엔 공룡이 없다

자꾸 주위를 두리번거리는 아이가
답답해서

조금 전에 떠났다고, 살짝
귀띔해주었다

너도 우동 한 그릇 먹고
엄마 아빠 따라
곧 떠날 거잖니,

휴게소는 그런 곳이거든

해변가의 돌들

누가 시작했는지 알 수 없는 그 소문의,

꼬리를 물고
그 꼬리를 꼬리가 물고
어떤 날은 바람까지 등에 업은 꼬리가 꼬리를 물고
꼬리가 아프다며 허옇게 질릴 때까지 꼬리에 꽉 꼬리를
물고
성급한 꼬리는 저를 낳은 꼬리보다 먼저 달려가 꼬리에
꼬리를 물고

그러는 사이, 돌들은 하나같이
둥글둥글해졌고
미끌미끌해져서
여기저기 사방으로 흩어져 살았다

어쩌다 만나기도 하지만
서로를 도저히 알아보지 못한다

새빨간 거짓말처럼,

눈도 귀도 입도 지워진 얼굴로 모두들

닮아 있었다

홍어

죽음도 조금씩 숙성될 수 있어 좋다

죽음을 항아리에 담아 꽃처럼 피우는 일,
죽음이 차마 못다 한 말들
달빛 쏟아지는 담장 밑에 묻어두고
그 울분을 천천히 삭이는 일

죽어도 무대가 끝나지 않아 좋다

납작 엎드린 생이든
구차하게 코가 낀 생이든
살아온 날들 알싸하게 발효되어서 좋다

어느 날 벌떡 일어난 죽음이
삶의 코끝을 쿡 찔러서 좋다
죽음의 지독한 말이
세상에 널리 널리 퍼져서 좋다

죽음은 결코 만만하지 않다

잎을 피운 죽음의 맛에, 엄지 척
즐거워하는 문상객들
둘이 먹다 둘 다 죽어도 좋다

죽음을 키워서 파는 동네에 가면
오랫동안 붉은 눈을 뜬 죽음이 곱절로 맛있다

좋아요

좋아요의 손끝, 좋아요의 입술, 좋아요의 눈빛, 좋아요는 면접관처럼 고리타분한 질문을 하지 않습니다

근사한 요리 사진을 식탁에 올리면 좋아요 친구들이 반갑게 둘러앉아 저녁식사를 합니다 좋아요 어깨너머 서 있는 가엾은 사람들, 하루는 좋아요를 위해 피고 지는 것이죠

좋아요를 위해 좋아요가 싫어하는 풍경을 모두 휴지통에 버렸습니다 지긋지긋한 알바, 숨 막히는 도서관, 한숨 쉬는 구식 엄마도 그중 하나죠

오늘은 의사 선생님이 진단서에 멋진 글씨로 좋아요라고 써주셨어요 좋아요는 함부로 시들지 않는 꽃, 좋아요는 영양실조를 모릅니다

좋아요는 고개 숙인 채 걸어가지 않지요, 좋아요가 하나둘 켜지면 어두운 밤길도 좋아요, 사랑하는 아빠, 가끔 제 얼굴이 궁금해지면 뒤통수에 좋아요를 눌러주세요,

잠 못 드는 밤, 모니터 속 감나무에 주렁주렁 좋아요가 열렸습니다 아, 좋아요 하늘 아래 살아가는 당신, 좋아요 눈물 나게 맛있는, 우리들의 심장

숨

누구도 진짜 얼굴을 보지 못했다

바람의 목소리를 가졌으며

물방울 모양을 닮았다고도 한다

힘없는 생선에 붙어사는 녀석은 만만할까 싶어

호기심에 초인종을 누르다간

대야를 흔드는 기세에 혼쭐나기 십상이다

그의 길은 질긴 가죽으로 만든 숨통

길이 막히면 당황한 녀석은

아무 데나 머리를 부딪고 난동을 부리는데

도마 위 팔딱거리는 몸에서 분노를 짐작할 수 있다

그의 행방을 쫓느라

삼십 년간 칼을 벼려온 싱싱횟집 주방장은

오늘도 녀석을 목전에서 놓치고 만다

튀어나온 눈깔이나

감전된 듯 부르르 떠는 꼬리 사이로

그는 이미 뱀처럼 달아나고 없다

놀라운 일은

그가 갓 빠져나간 몸의 결은

마치 햇살처럼 부드럽고 날것이라도

비린내가 없다는 것

그가 대체 어디서 태어나 어떻게 죽는지

진화론도 창조론도 우물쭈물하지만

분명한 것은

녀석이 정붙이고 사는 동안

몸 안팎을 부지런히 뛰어다니며

칠흑 같은 몸에 전구를 밝히고 있다는 사실

고단한 그가 잠시라도 쉬도록

1977년 정부에서 보급한

국민체조 교본 마지막 장에서는

숨쉬기 운동을 권장하고 있다

내 친구 일요일

나는 무의식의 발자국 소리를 듣는다
내 친구 일요일이 왔다
이불 속으로 발을 넣는 일요일
며칠을 쉬지 않고 달려왔을까
길게 하품하는 일요일
좀 더 잘까 우리,
거꾸로 누워도 일요일인 일요일
아주 어릴 적부터
우리 동네 언덕에 살던 일요일
몇 번 이사를 가도
귀신처럼 찾아오던 일요일
일요일은 몇 살일까
일요일이 나를 본다
부쩍 수척해진 일요일의 입술
일요일이 나를 본다
점점 말수가 없어지는 일요일
운동화 손에 들고 푸르게 웃던
일요일의 이마는 어디로 갔을까

일요일만 남고 사라진

일요일의 기억들

두 손을 가지런히 얹은 일요일

낙엽처럼 누워있는 일요일

일요일의 감옥에 갇혀

기다려도 오고

기다리지 않아도 오는 일요일

언젠가 일요일이 죽는다면

나는 무척 쓸쓸할 것이다

안녕, 내 마음속의 유령

내 친구 일요일

면사무소를 지나가는 택시의 말

그 동네 하늘은 면사무소를 따라 돌지. 면사무소를 지나면 농협이 있고 농협을 지나면 중국집이 있고 중국집을 지나면 경운기를 타고 오는 봄날. 면사무소는 늘 그 자리에 면사무소처럼 앉아 면사무소를 지나가는 사람과 면사무소를 흘러가는 구름의 시간에 대하여 회의를 하지. 면사무소는 은밀하게 면사무소라는 말 속에서 꾸벅꾸벅 졸고 있지. 언제나 면사무소의 얼굴로. 언제나 면사무소의 자세로. 어디서 왔소? 면사무소에서 왔습니다. 면사무소는 비를 내리지 않고 면사무소는 바람을 만들지 않고 면사무소는 면사무소를 뛰어넘지 않고 면사무소는 면사무소를 따라 느리게 돌아가지. 그러니까 무슨 말이냐 하면, 아, 아, 다시 한번 면사무소에서 알려드립니다.

그 국밥집의 손

국밥집을 나오며 나는 그 뜨거운 국밥을 번개처럼 제 앞에 놓아주던 투박한 손을 생각합니다. 내 몸의 평화를 지키는 손입니다. 국밥집을 나오며 나는 오천 원을 내면 천 원을 다시 쥐여주는 때 묻은 손을 생각합니다. 내 지갑의 평화를 지키는 손입니다. 국밥집을 나오며 나는 다음 손님을 위하여 식탁을 제비처럼 훔치던 민첩한 손을 떠올립니다. 점심시간의 평화를 지키는 손입니다. 국밥집을 나오며 나는 일한 만큼만 버는 아주 지루한 손을 기억합니다. 지구의 평화를 지키는 손입니다.

통영 사람들은 일주일에 한 번 시락국을 먹는다

이른 새벽 통영 서호시장 뒷골목에 가면 술이 덜 깬 구두든 단단히 묶은 운동화든 비린내 나는 장화든 건들건들 슬리퍼든 모두들 낯선 얼굴이지만 긴 나무의자에 서로의 어색한 엉덩이를 달싹달싹 붙이고 엄마 말 잘 듣는 아이들처럼 일렬로 앉아 겨우내 그늘에 말린 배추 이파리에 된장 풀어 끓인 그 국을 공손히 먹는다 이 거룩한 예배로, 어김없이 다툼과 낭비로 살았던 우리들의 한 주를

신은 그래, 그래, 알았어, 하며 부드러운 미소로 퉁쳐주신다

면사무소의 힘

아, 아, 면사무소에서 안내 말씀 드립니다,

보세요, 저기 시금치밭의 노인이 허리를 펴며 일어나 돌아보고 한 떼의 새들이 황급히 하늘로 날아오릅니다.

저 면서기의 거룩한 육성이 들판을 가로질러 도착할 어느 순박한 집들의 담장과 키 큰 나무와 길가에 핀 꽃들과 숲속의 바위.

세상은 딱, 거기까지죠.

손님

배가 묶여 있다
분주하던 건어물 가게 앞
한낮의 소란도 묶여 있다
선창가 저녁을 따라
창문 닫는 소리 간간이 들려오고
거리는 말 없는 아이의 표정으로
하나 둘 가로등을 켜고 있다
울음이 마음껏 울음을 부르며
지나갈 수 있도록
조용히 길을 터놓았다
울음은 눈먼 어미 코끼리처럼
무심한 발자국을 찍어대고
깊은 흉터를 남기겠지만
비처럼 바람처럼
울어본 항구의 사람들은
울음이 스스로 고요에 들 때까지
기다릴 줄 안다
울음이 문을 열고 들어와

한바탕 울음과 놀다 떠날 수 있도록
빈집처럼 앉아 있을 줄 안다

살랑살랑, 먼 데서 지금
손님이 온다

귀신이 산다

야시골 서편 오래된 폐가에
귀신이 산다고 모두들 수군거린다
거뭇거뭇 해가 지면
기이한 울음소리 들려온다며 무서워한다
어릴 적 자주 놀러 간 그 집
내력 잘 아는 나는 슬그머니 웃음이 난다
건넌방에 옛 동무랑 오순도순 누우면
가만히 색동 이불 속 발가락 간질이던
창문 밖 쓱 긴 머리카락 드리우다 밤이면
어둑한 뒷간에 몰래 숨어
두 손 들고 히죽거리던 처녀귀신
허나 벌써 수십 년도 지난 일
지금쯤 무정하게 늙은 그녀만 남았을 텐데
관절에 힘도 없고 머리도 허옇게 세었을 텐데
침침한 저녁 문지방 넘다 소복이 걸려
문짝과 함께 나자빠지진 않았을까
흰 고무신 두 짝 가슴에 안고
기울어진 대청마루에 중얼중얼 앉아 있진 않을까

산짐승 무서워 빈 독에 숨어 뚜껑을 닫고
한 달이 넘도록 꺼이꺼이 울고 있을지도 모르지
아, 오늘 같은 밤에 지붕 우에 앉아
아이 추워, 아이 추워, 청승맞게 칭얼대면 어쩌나
가만 생각하니 은근 걱정되는 것인데
샛바람만 불어도 덜덜거리는 무서운 적막
부뚜막 온기가 사라지고 수도도 전기도 끊기고
택배마저 오지 않는 폐가에 남아

귀신은 도대체, 저 혼자서
무얼 먹고 살아가나

꿈나라

그 옛날 세상의 엄마들이
아기의 잠든 이마에 손 얹어준 날부터
누구나 하나씩 갖게 된 나라
덤으로 사는 선물 같은 나라

새들과 별들이 잠들면 고운 눈 뜨고
수십 마리 양들 줄 맞추어 걸어가는
기억과 상상과 소망과 예지의 나라
간절히 원하면 이루어지고 볼을 꼬집어도
아프지 않은 평화의 나라
표정을 수시로 바꾸는 식은땀의 나라
돌아가신 아버지 잠시 다녀가신
이승과 저승 중간쯤 있는 만남의 광장,
별빛보다 많은 물음표를 간직한 나라
국경 밖으로 목소리가 술술 새어 나가는 허술한 나라
덜컹덜컹 지하철 타고 가다
잠시 얼굴 떨구어도
오십 년 백 년쯤 거뜬히 살다 오는 기막힌 나라

손가락 하나 까딱이면 쉽게 풍경의 색깔이 바뀌는
색종이의 나라

도대체 누가 세운 나라일까요?

박스로 덮은 노숙의 입술 위에도
눈송이처럼 가만가만 내려앉는 평등의 나라

손 뻗으면 금세 사라지고 마는 우리들의,
슬픈 비눗방울 같은 나라

기다린다

신호등 색깔로 기다리고 커피 잔으로 기다리고 가로수 잎으로 기다리고 버스정류장 의자로 기다린다 기다림이 숲에서 나와 긴 목을 흔들며 걸어가고 있었다

기다린다 기다림을 세어가며 기다리고 깜빡 졸음으로 기다리고 다시 처음부터 기다린다 순한 눈을 가진 기다림이 나를 볼 때마다 어디선가 젖은 바람이 불어왔다

기다린다 조용한 노래로 기다리고 무서운 침묵으로 기다리고 훌쩍거리는 계절로 기다린다 기다림과 기다림이 손을 잡고 떠나간 거리는 기다림 이전으로 돌아가고 있었다

어느 날 누군가 한 폭의 그림을 주고 갔다 기다림이 기다림에서 멀어지면 기다림은 완성될 수 있을까 조용히 그림 속에 들어갔다 기다림의 등에 기대고 누워,

기다린다 기다림이 온전한 사물이 되어 즐거워질 때까지

일상의 비의를 퍼올리는 숟가락, 숟가락들

정우영

1.

시를 사는 시인들이 있다. 이들은 하루가 온통 시로 귀결된다. 일기처럼 기록되는 그의 삶은 동시대를 반영한다. 나의 삶이면서 동시에 너의 삶인 것이다. 이 시인들에게 하루는 생활이자, 문학적인 숱한 기적들의 집합이다. 그러니 누군가에게는 사소한 장면들마저 이들의 기억에는 아주 소중한 영상으로 각인된다.

내가 보기에는 시인 이명윤도 이 계열에 속한다. 자신의 삶을 세세한 작품에 녹여낼 뿐만 아니라, 함께 어우러져 살아가는 동시대와도 끊임없이 교감한다. 자폐와 단절을 기본 속성으로 하는, 시대의 단독자로서의 시인은 거부하는 것으로 비친다.

첫 시집 『수화기 속의 여자』는 그의 이러한 '고투의 소산'이 아닐까 싶다. 그는 이 시집에서 일상생활의 지루함까지도 생생한 활동사진같이 그린다. 나날을 버티어가는 신난고초(辛難苦楚)의 자취가

빼곡하다. 그래서일까. 첫 시집의 그는, 활력 넘치는 날들보다는 나른한 애환이 발치에 쌓이는 정황들에 더 마음을 기울이고 있다. 상심 짙은 곡절의 흔적들이 곳곳에서 출몰한다. 흉터에 침윤된 꽃게처럼, 돌다 지친 팽이처럼.

사정이 이러함에도 불구하고 그는 왜, 동시대와 함께 호흡하고자 하는 걸까. 나는 그의 시 「개펄」을, 이런 면에서 뜻깊게 읽는다.

> 아픔이 밑동부터 화안해지면
> 나는 만신창이가 된 저 개펄로 누워
> 치유의 파도가 밀려오는
> 저녁을 기다릴 것이니
> 새 살은 밤새 차올라
> 내일 또 당신에게
> 눈부신 그리움을 드러낼 것이니
>
> ―「개펄」 부분, 『수화기 속의 여자』(삶창, 2008)

이 시에서 나는 "만신창이가 된 저 개펄"에 주목하고자 한다. "만신창이가 된 저 개펄"은 과연 어떤 곳인가. 육지의 모든 쓰레기가 흘러들어 쌓이는 곳이다. 동시에 또 그곳은 "치유의 파도가 밀려"와 온갖 생채기를 씻기고 닦아 새 생명력을 키우는 곳이기도 하다. 오물의 집하(集荷)와 재생(再生)이 동시에 이루어지는 공간인 것이다. 따라서 개펄에서의 만신창이(滿身瘡痍)는 소멸을 예비한다기보다는 다시 태어나기 위한 재구(再構)의 과정이라고 할 수 있다. 그런 점에서 개펄의 만신창이는 제의에서의 소지와도 같은 역할을 수행하고 있는 것처럼 여겨진다. 그래야 이어지는 시행에서의 "치유의 파도가 밀려오는/저녁을 기다"릴 수 있을 것이기 때문이다. 이때, 기원으로서의 소지와 행위로서의 치유가 일체적 결사를 이룸은 물론이다.

나는 바로 이 지점이 이명윤 시의 모체이자 근원이라고 생각한다. 만신창이 개펄의 세상에서 그는, 소지와 치유의 시를 쓰며 내일에 올 당신을 그리워하는 것이다. 그런데 문제는, 그의 서원대로 "새 살"이 "밤새 차"오를 수 있을까 하는 점이다. 만신창이 개펄에 새 살을 차오르게 하려면 웬만한 지극정성이 아니고는 어림없을 것이다. 어쩌면 그가 말하는 "밤새"가 평생이 될 수도 있다.

아마도 이 때문이 아닐까. 그의 시적 촉수가 만신창이 개펄 같은 일상의 처처에 가닿고 있음은. 어찌 처처뿐이랴. 그의 촉수는 심지어 잠잘 때마저 열려 있지 않을까 싶다. 시간대가 따로 없이 그는 물물처처(物物處處)를 더듬는 것이다. 일상의 배면과 세파의 갈피에 이처럼 깊숙이 시의 촉을 들이대는 시인은 달리 또 찾기 어려울 터이다.

2.

첫 시집의 '개펄 정신'이 두 번째 시집에서도 유효할까. 오랜만에 만나는 그의 작품들을 들여다보기 전에 나는 그게 궁금했다. 오랜 시간 모색하다가 혹시라도 지쳤으면 어떡하지 하고 염려했으나 기우였다. 그의 '개펄 정신', 혹은 '개펄의 시학'은 열두 해를 건너오면서도 의연했다. 그의 시적 모체는 도리어 더 넓어지고 깊어졌다고 할까. 생활이라는 속내를 꿰뚫는 비의적 순간을 밝히는데 놀라운 능력을 펼쳐 보인다. 그가 발견한 시적인 한 순간, 사물들은 돌연 뜨거운 의미의 세계로 발을 들여놓는 것이다.

시 「2015년 광도면민 체육대회 기념」에 나오는 '2015년 광도면민 체육대회 기념' 수건도 그중 하나이다. 이럴 때 그들은 서로 얼마나 솔깃한 경이를 주고받을 것인가.

의아한 이름표를 달고 있다
어디선가 수년 넘게 기념의 시간을 묵히고 있다가
오늘에야 눈에 띈 것인데
광도면민은 맞지만
체육대회 근처엔 얼씬도 안 한 내가
뜻밖에 지금 그날의 함성으로 얼굴을 닦는 것이다
그러니까 햇볕 쨍쨍 퍼붓던 그날
광도면민도 아닌 북신동민인 어머니가
남사스럽게 줄을 두 번이나 서서 얻어온 주책을
기념하며 가슴을 쓱쓱 닦는 것이다
널리고 널린 게 수건이라고 저흰 필요 없다고
아내가 두 손 저어도 끝내 두고 가셨던 고집을
기념하며 입술을 쭈볏거리며 닦는 것이다
목욕을 마치고 화장실 수납장을 열었는데
다들 어딜 가셨는지 그만 가슴이 철렁하다
바닥에 납작 엎드려 있는 수건 한 장,
생각하면 할수록 참으로 뜻깊고 기념할 만한 순간이어서
어머니가 열심히 보낸 그날을
한 자 한 자 읽으며
온몸으로 기념하며
나는 흠뻑 젖은 저녁을 닦고 또 닦는 것이다
　　　　　　　　　—「2015년 광도면민 체육대회 기념」 전문

기념 수건 한 장 없는 집은 거의 없을 것이다. 그의 집에도 '2015년 광도면민 체육대회 기념' 수건 한 장이 수납장에 남아 있다. 이 수건은, "햇볕 쨍쨍 퍼붓던" 체육대회 날 "광도면민도 아닌 북신동민인 어머니가/남사스럽게 줄을 두 번이나 서서 얻어온" 것이다. 그에게는 어머니의 주책처럼 비치는 이 수건. 그의 아내도 "널리고 널린 게 수건이라고 저흰 필요 없다고" "두 손 저어도 끝내 두고 가셨던 고집"의 산물 같은 수건. 그런데 오늘 그 주책과 고집이 스민 수건으로 그는 "얼굴을 닦"고 "가슴을 쓱쓱 닦는" 것이다. 그럴 때 그에게 회한 어찌 없으랴. '바닥에 납작 엎드려 있는 수건 한 장'을 보면서 그는, "다들 어딜 가셨는지 그만 가슴이 철렁하다".

흔하디흔한 기념 수건 한 장 속에 스며든 애환이 절절하다. 헌신적인 어머니의 주책 같은 모성애와 아들의 애타는 그리움으로 덩달아 나도 가슴 철렁해진다. 마지막 행에 이르러서는 나도 모르게, 그이와 같이 흠뻑 젖은 저녁을 닦고 또 닦는다. 거기 어룽지는 게 눈물인지 콧물인지 그리움인지 미처 깨닫지 못한 채로. 아마도 부재의 직감 때문일 것이다. "다들 어딜 가셨는지 그만 가슴이 철렁하다/바닥에 납작 엎드려 있는 수건 한 장," 이 두 시행 앞에서 누군들 멀쩡할까. 그런 점에서 이 수건은 어머니의 분신이자 시인 자신의 동일시적 표상이다. 수건에 새겨진 글자들 "한 자 한 자"에는 어머니와 그의 수많은 곡절들이 서리어 있다. 회오(回悟)에 "흠뻑 젖은 저녁"에 사무치지 않을 도리가 없다.

이명윤이 이와 같이 생활의 갈피에 걸쳐 있는 세목들을 발견할 수 있다는 것은 그의 시적 감각이 그쪽으로 열려 있다는 뜻이다. 그게 뭐 어려운 일이야 하고 생각할지 모르지만, 생활에 예민하게 대응하는 시작(詩作), 결코 쉽지 않다. 대부분 일상생활에서 이 같은 낱낱의 맨얼굴들을 시적인 정황으로 끌어들이지 못하고 흘려 지나치고 만다. 그저 반복적인 일상을 살아내는 데에 머무는 것이다. 하지만 이명윤의 예리한 통찰은 다르다. 현대인의 일상생활을 개펄로 재구하면서 그는 나날을 새롭게 인식한다. 남들과 함께 보지만, 남들은 보지 못하는 사물의 이치를 포착해서 문장으로 캐내는 것이다.

그의 시「조화」는 이러한 성취의 결과물이다. 나는 이 시가, 이명윤의 두 번째 시집에 대한 신뢰를 담보하는 작품이라 여긴다.「조화」는 언뜻 보면 별 의미 없는 것처럼 비치는, 담담한 소묘로 채워진다. 한데 다 읽은 뒤 자신을 잠깐 들여다보시라. 예기치 않게 명치가 아릴 것이다.

이화공원묘지에 도착하니
기억은 비로소 선명한 색채를 띤다
고왔던 당신,
묘비 옆 화병에 오색 이미지로 피어 있다
계절은 죽음 앞에서 얼마나 공손한지
작년 가을에 뿌린 말들이 고스란히 남아 있다
울며불며한 날들은 어느새 잎이 지고
죽음만이 우두커니 피어 있는 시간,
우리는 일렬로 서서
조화를 새 것으로 바꾸어놓는다
술을 따르고 절을 하는 도중에
어린 조카가 한쪽으로 치워둔 꽃을 만지작거린다
죽음이 죽었는지 살았는지 궁금한 거다
세월을 뒤집어썼지만

여전히 부릅뜬 웃음을 본다
우리는 모처럼 만났지만 습관처럼 갈 길이 바빴다
서로의 표정에 대해
몇 마디 안부를 던지고 떠나는 길
도로 건너편 허리 굽은 노파가
죽음 한 송이를 오천 원에 팔고 있다
차창 너머로
마주친 마른 과메기의 눈빛
삶이 죽음을 한 아름 안고 있다,
한 줄의 문장이 까마귀처럼 펄럭이며
백미러를 따라온다
살다가 문득
삶이 살았는지 죽었는지 궁금한 순간이 있다
그런 날은 온통
흑백으로 흐릿해지는 세상의 이마를
만지작만지작거리고 싶은 것이다

—「조화」 전문

"살다가 문득/삶이 살았는지 죽었는지 궁금한 순간"이 있지 않은가. 이 시는 그 오묘한 경계의 시간을 공원묘지의 조화를 매개로 성찰하고 있다. 산 자는 "습관처럼 갈 길이 바"쁜 듯 보이지만, 오래잖아 "도로 건너편 허리 굽은 노파가" "오천 원에 팔고 있"는 "죽음 한 송이"에 다다를 것이다. 생자필멸(生者必滅)이다. 살아 있는 그 무엇이라도 이처럼 죽음에서 예외일 수 없다. 그런 점에서 삶은 죽음을 이마에 두르고 살아가는 과정이라 할 것이다.

하지만 살아가는 동안 이를 명확히 인식하는 경우는 드물다. 우리는 누구나 마치 영생할 것처럼 오늘을 산다. 언젠가 죽음을 맞닥

뜨리던 "울며불며한 날들은 어느새 잎이 지고" 없다. 이후의 삶 속에서 누군가의 죽음은 "죽음만이 우두커니 피어 있는 시간"에 불과하다. 때가 되면 "우리는 일렬로 서서/조화를 새 것으로 바꾸어놓는" 의례를 통과할 뿐이다. 이럴 때 애도와 추모와 그리움은 상투적이다. 아무도 그의 죽음을 실감하지 않는다. 어린 조카만 "한쪽으로 치워둔" 조화를 만지작거릴 뿐. 어린 호기심은 이 "죽음이 죽었는지 살았는지 궁금한" 것이다. 나는 이 어린 조카의 호기심이야말로 시의 눈이라 생각한다. 죽음마저 일상화된 현대사회의 "흑백으로 흐릿해지는 세상의 이마를/만지작만지작거리고 싶은" 시의 눈. 아이는 죽음에서 혹 생의 촉각을 맛보고 있는 건 아닐까.

물론 이명윤의 시안(詩眼)이 어린 조카의 호기심에만 머무르는 것은 아니다. 내가 더 주목하는 지점은 이 부분이다. "차창 너머로/마주친 마른 과메기의 눈빛/삶이 죽음을 한 아름 안고 있다," 이러한 일상을 과연 삶이라고 할 수 있을까. 죽음을 한 아름 안고 있는 과메기의 눈빛이라니. 아리고 아픈 공허가 저 삶 같은 죽음에는 잔뜩 슬어 있지 않은가. 그야말로 무덤덤한 무덤이다. 때로 삶은 이렇게 죽음을 살기도 하고, 죽어서 새로운 삶을 살기도 한다. 이런 게 바로 시적 통찰이며 비의의 포착 아닐까. 그래서 이명윤의 생활시가 범상이되 비범을 품게 되는 것이라 여긴다.

이뿐만 아니다. 이명윤의 시의 촉은 온라인에도 가닿는다. 시「좋아요」가 대표적인데, 나는 이 작품을 상당히 흥미롭게 읽었다. 그는 이 시를 통해 현대인의 확장된 공간인 온라인을 일상으로 환치한다. 생각해보면, 현대인의 일상은 오프라인 시공간에서만 이루어지지 않는다. 깨어 있는 상당한 시간 동안 우리는 온라인을 살고 있다. 이명윤은 현대사회의 이 새로운 일상을 「좋아요」에 담으며 묻는다. 우리의 삶은 과연 이대로 '좋은가' 하고.

　　좋아요의 손끝, 좋아요의 입술, 좋아요의 눈빛, 좋아요는 면접관처럼 고리타분한 질문을 하지 않습니다

　　근사한 요리 사진을 식탁에 올리면 좋아요 친구들이 반갑게 둘러앉아 저녁식사를 합니다 좋아요 어깨너머 서 있는 가엾은 사람들, 하루는 좋아요를 위해 피고 지는 것이죠

　　좋아요를 위해 좋아요가 싫어하는 풍경을 모두 휴지통에 버렸습니다 지긋지긋한 알바, 숨 막히는 도서관, 한숨 쉬는 구식 엄마도 그중 하나죠

　　오늘은 의사 선생님이 진단서에 멋진 글씨로 좋아요라고 써주셨어요 좋아요는 함부로 시들지 않는 꽃, 좋아요는 영양실조를 모릅니다

　　좋아요는 고개 숙인 채 걸어가지 않지요, 좋아요가 하나 둘 켜지면 어두운 밤길도 좋아요, 사랑하는 아빠, 가끔 제 얼굴이 궁금해지면 뒤통수에 좋아요를 눌러주세요,

　　잠 못 드는 밤, 모니터 속 감나무에 주렁주렁 좋아요가 열렸습니다 아, 좋아요 하늘 아래 살아가는 당신, 좋아요 눈물 나게 맛있는, 우리들의 심장

　　　　　　　　　　　　　　　　　　　　　　—「좋아요」 전문

사회관계망서비스인 SNS 활동은 현대인들의 일상생활에서 주

요축으로 기능한다. SNS에서 뒤처지면 사회에서 밀려나는 것처럼 여겨지는지 모두들 기를 쓰고 모바일을 탐한다. 보라, 오늘 여기를 사는 인간들의 하루하루를. 사람과는 실제 소통하지 않더라도 SNS에서는 바쁘다. 젊은이들 중 일부는 직접적인 대화보다 카톡 같은 메신저로 교감하는 걸 더 즐긴다. 집 안에서도 가족이 서로 만나지 않고 각자의 방에서 모바일로 대화하는 신풍속도가 생겨났다고 한다. 이걸 사람살이라고 할 수 있을까 싶은데, '나홀로족'들은 흔연해하는 것처럼 비친다. 현대인의 자기소외가 희한하게 구현되고 있는 중이다.

이 같은 사회현상 속에서 이명윤이 주목한 것은 페이스북의 '좋아요'이다. 페이스북에 올라온 누군가의 글에 표시하는 이모티콘 '좋아요'는 소통의 수단이자 정서적 어울림으로 작용한다. 어쩌면 우리의 "하루는 좋아요를 위해 피고 지는 것"일지도 모를 만큼 큰 영향력을 발휘한다. 나와 너의 관계를 현실보다 더 실감하는 감정선인 것이다.

그런데 문제는, 이 '좋아요'의 독선적 기능이다. 지금은 운영 초기의 '좋아요'만이 아니라 '슬퍼요', '화나요' 등의 아이콘이 부기되고 있지만, 여전히 핵심적 기능은 '좋아요'이다. 그런 점에서 '좋아요'는 만능이다. 이 아이콘만 누르면 불편한 세상이 곧 행복한 누리로 바뀔 것처럼 착각한다. 사람들은 그래서 "좋아요를 위해 좋아요가 싫어하는 풍경을 모두 휴지통에 버"린다. 이를테면 "지긋지긋한 알바, 숨 막히는 도서관, 한숨 쉬는 구식 엄마" 같은 너절한 현실들. 따라서 일상이되 실제가 아닌 온라인 세계는 사람들에게 왜곡된 현실을 주입하게 마련이다.

이명윤은 이에 대해, 다음과 같이 쓴다. "잠 못 드는 밤, 모니터 속 감나무에 주렁주렁 좋아요가 열렸습니다 아, 좋아요 하늘 아래 살아가는 당신, 좋아요 눈물 나게 맛있는, 우리들의 심장". 얼마나 가슴 아픈 역설인가. 잠 못 드는 밤에 만나는, 잠 못 드는 사람들의 "모니터 속 감나무에 주렁주렁 열리는" 소외의 연대가 '좋아요'라니. 게다가 그 허구의 교감이 "눈물 나게 맛있는" 가상 세계 속 "우리들의 심장"이라 하지 않는가. 이쯤 되면 우리의 SNS는, 그가 시 「조화」에서 말한 바 있듯이, "삶이 죽음을 한 아름 안고 있"는 "과메기의 눈빛" 아닌가. 그가 보기에 온라인이라는 일상은 이처럼 온전한 삶터가 아니다. 마치 삶을 죽음처럼 살아가는, 「조화」 속 '노파'의 세계가 연상되는 것이다.

3.

자, 우리의 현실이 이러하다고 느껴질 때 당신은 어떠실까. 나는 섬뜩하다. 그의 예감이 맞다면 현대사회는 여전히 만신창이 개펄이며 디스토피아를 향해 나아가고 있다. 실로 그렇지 않은가. 코로나 19 바이러스가 침탈한 인간 세상은 요즈음 서로 간의 격절을 강력하게 요구하는 중이다. 더불어 함께 사는 공동체적 삶은 전혀 기대할 수 없는 것이다. 그렇다면 우리는 이제 어떻게 살아야 할 것인가. 그는 통영 사람들을 끌어들인다. 죽음이 아니라 삶을 사는 사람들.

이른 새벽 통영 서호시장 뒷골목에 가면 술이 덜 깬 구두든
단단히 묶은 운동화든 비린내 나는 장화든 건들건들 슬리퍼든

모두들 낯선 얼굴이지만 긴 나무의자에 서로의 어색한 엉덩이
를 달싹달싹 붙이고 엄마 말 잘 듣는 아이들처럼 일렬로 앉아
겨우내 그늘에 말린 배추 이파리에 된장 풀어 끓인 그 국을 공
손히 먹는다 이 거룩한 예배로, 어김없이 다툼과 낭비로 살았
던 우리들의 한 주를

신은 그래, 그래, 알았어, 하며 부드러운 미소로 퉁쳐주신다
　　　ㅡ「통영 사람들은 일주일에 한 번 시락국을 먹는다」 전문

　여기다. 만신창이 개펄 같은 세상에서 내일에 올 당신을 그리
워할 장소로 여기만 한 곳이 없다. "이른 새벽 통영 서호시장 뒷골
목"이 오늘 우리의 현재다. "술이 덜 깬 구두든 단단히 묶은 운동화
든 비린내 나는 장화든 건들건들 슬리퍼든 모두들 낯선 얼굴"들이
"긴 나무의자에 서로의 어색한 엉덩이를 달싹달싹 붙이고 엄마 말
잘 듣는 아이들처럼 일렬로 앉아 겨우내 그늘에 말린 배추 이파리
에 된장 풀어 끓인 그 국을 공손히" 받아먹는 곳.
　바로 이곳에서 "어김없이 다툼과 낭비로 살았던 우리들의 한 주
를" 사(赦)해주십사 "거룩한 예배" 드리듯 평등하고 단란하게 나누
어 먹는 것. 이야말로 순환의 소지이며 치유 의식이다. 거창하지
도 않고 어렵지도 않다. 너와 내가 다르지 않음을 깨닫고, 공손하
고 조화롭게 한 끼의 밥을 나누는 것. 죽음이 아니라 삶을 사는 우
리의 참 모습이 이것 아닐까. 그럴 때 신도 "그래, 그래, 알았어, 하
며 부드러운 미소로 퉁쳐주"시지 않을까.
　이렇게 보면, 이명윤은 철저하게 생활주의자이자 현실의 시인
이다. 그에게 일상생활은 모든 시의 원천이자 모체이다. 그래서

그런지 남들이 보지 못하는 일상의 숱한 곡절들이 그에게로 와서 착실히 고인다. 일상을 시화함에도 불구하고 그의 시가 참신하게 느껴지는 건 이 때문일 것이다. 그는 익숙한 현실을 자신만의 프리즘으로 낯설고 새롭게 틔워낸다. 이와 같은 그의 시를 내 방식대로 정리하면 그는 '모던한 리얼' 계열이다. 현실의 내밀한 본성을 세밀한 시의 눈으로 각색하는 시인인 것이다. 시 「숟가락들」에 그의 이러한 특성이 잘 표현되어 있다.

> 하늘을 나는 숟가락이 있다 먼 길 뛰어가는 숟가락이 있고
> 숟가락을 들고 줄을 선 숟가락이 있고 자꾸만 숟가락을 뒤집어
> 보는 숟가락도 있다 그래봤자 숟가락인 숟가락
>
> —「숟가락들」 부분

현실의 '숟가락'을 '시'로 바꾸어 읽으면 이명윤이 꿈꾸는 시의 세계가 오롯이 드러난다. 예를 들어, "하늘을 나는 숟가락"은 '하늘을 나는 시'에 다름 아니다. 마찬가지로, "숟가락을 뒤집어보는 숟가락"도 '시를 뒤집어보는 숟가락'으로 읽을 수 있다. 그는 드물게도 현실의 비의를 직관적으로 파악할 줄 아는 리얼리스트인 것이다.

이런 면에서 나는 그를, 범상을 뛰어넘는 '포월(包越)적 현실주의자'라 여긴다. 개펄이라는 현실을 품되 그 개펄을 뛰어넘으려 하는 자이다. 누가 알아주지 않아도 그침 없이 일상의 또 다른 본성들을 시화하는 그에게 광영 있기를.

鄭宇泳 | 시인

푸른사상 시선 131

수제비 먹으러 가자는 말